超シルバー川柳

90歳以上のご長寿傑作選

レッツゴー100歳編

みやぎシルバーネット＋河出書房新社編集部 編

河出書房新社

90歳以上の作品だけ集めた「超」シルバー川柳傑作選！第7弾『レッツゴー100歳編』です

作者はみんな90歳以上の超ご長寿！　今回の最高齢は102歳。
究極のシルバー川柳＝超シルバー川柳傑作選。
お待たせしました！　ほぼ1年ぶりの刊行です。
今回も全国からのご投稿で集まった、驚きの力作をお届けいたします。

一句一句にうなずいたり感心したり。特に90歳過ぎても頭の若さにびっくりします。
兵庫県　Y・Yさん（81歳）

100歳超えた方もこんなに上手なのに驚きです。
皆さん知性豊かで、楽しくてなりません。
私も川柳は初めてですが、恥ずかしい句をこれから送らせてもらいます。
福島県　Y・Aさん（90歳）

読者の皆さんのお手紙より。
川柳というツールで、世代を超えて、肩肘張らない思いや元気がつながっていきますね！

超シルバー川柳名物「川柳達人ご長寿インタビュー」「なつかし写真館」の箸休め読み物もぜひお楽しみください。

本書でシルバーの皆さんの笑顔の時間がもっともっと増えていきますように。

＊本書は『みやぎシルバーネット』と河出書房新社編集部に読者から投稿された川柳作品から構成されています。投稿者のご年齢はご投稿当時のものです。川柳作品の投稿方法は巻末の案内をご覧ください。

恋ごころ
猛暑に勝る
熱い息

納谷助男（94歳）

忘却とは
こういう事かよ
君の名は

中田富士雄（90歳）

目が覚めて
朝の3時か
昼なのか

筒井増男（93歳）

カギしめて
杖《つえ》を忘れて
また開ける

佐藤きよ（90歳）

好きを食べ
好きをしている
お迎えまだ

坂井艶子（90歳）

川柳名人

町田猶子さん（94歳）の部屋

着れぬ服
長生きできると
めいにあげ

正月が
近く千円
貯《た》めておく

曾《ひ》孫《まご》の名
孫に嫁の名
すぐ忘れ

亡き夫《つま》の
かんじ忘れる
時のすぎ

背伸びして
洗濯干すも
筋トレか

贅沢《ぜいたく》を
していないのに
なぜ太る

眼はかすみ
耳鳴りも
でも歩けるよ

川柳名人
町田猶子さん（94歳）の部屋

爺《じじ》と猫
どっちハグする
爺飽きた

服部喜栄子（94歳）

昨日、今日
亡夫《つま》の夢みる
何、用事

生出貞子（92歳）

この地球
初まご一歩
あゆみ出す

佐藤直子（90歳）

川柳名人

千石 巌さん（94歳）の部屋

遺言に
書く財産が
はずかしい

鳥獣《ちょうじゅう》の
エサです実家の
柿と栗

友からの
手紙毛筆
踊ってる

あの世での
開催決めた
クラス会

パソコンも
スマホも持たず
無事傘寿《さんじゅ》

合田 隆（90歳）

喜寿米寿
銀恋《ぎんこい》唄って
シワ伸ばす

齋藤元彦（90歳）

卒寿過ぎ
お酒なしでも
千鳥足

谷口寛（90歳）

どの山も
赤・黄・緑の
着物着て

森下としへ（96歳）

空青く
いい日旅立ち
聴いてみる

町田猫子（94歳）

川柳名人

扇 光男さん（90歳）の部屋

時として
恐竜に似る
婆の顔

初詣
神より先に
妻拝み

諭《ゆ》吉《きち》手に
「またね」とスタコラ
ひ孫達

髪を切り
鏡に向きて
ポーズとる

霜越千鶴子（97歳）

納得の
お得な買物
えびす顔

菅井安子（92歳）

夢の中
いつも私は
女学生

新井良子（95歳）

川柳名人

大須賀博さん（90歳）の部屋

大の字で
寝てはみたけど
ケチな夢

秋空を
眺めて済ます
旅気分

どこまでも
続くぬかるみ
妻の愚《ぐ》痴《ち》

孫が来る
背丈が伸びて
ハグ出来ず

小林みつ子（95歳）

小三の
算数に手をやく
吾《われ》卒寿

鹿野榮一（90歳）

チンプンカン
ひ孫に学ぶ
年になり

塚本洋子（90歳）

一日の
楽しみ一つ
食べる時

田中まさ子（93歳）

あれとそれ
これもチンして
夕御飯

篠原伸江（94歳）

ぐい飲みの
冷えたビールで
身の震え

山本敏行（98歳）

川柳名人

天野ハルさん（91歳）の部屋

勉強会
義歯忘れて
笑えない

ルーム友
談話室では
皆ドクター

もう夜か
今日一日
何をした？

川柳名人

宮脇和恵さん（97歳）の部屋

冷たい世間
便座の温かさが
身にしみる

百迄《ひゃくまで》は
もうひとがんばり
九十七

ライバルは
自分負けぬぞ
命尽きるまで

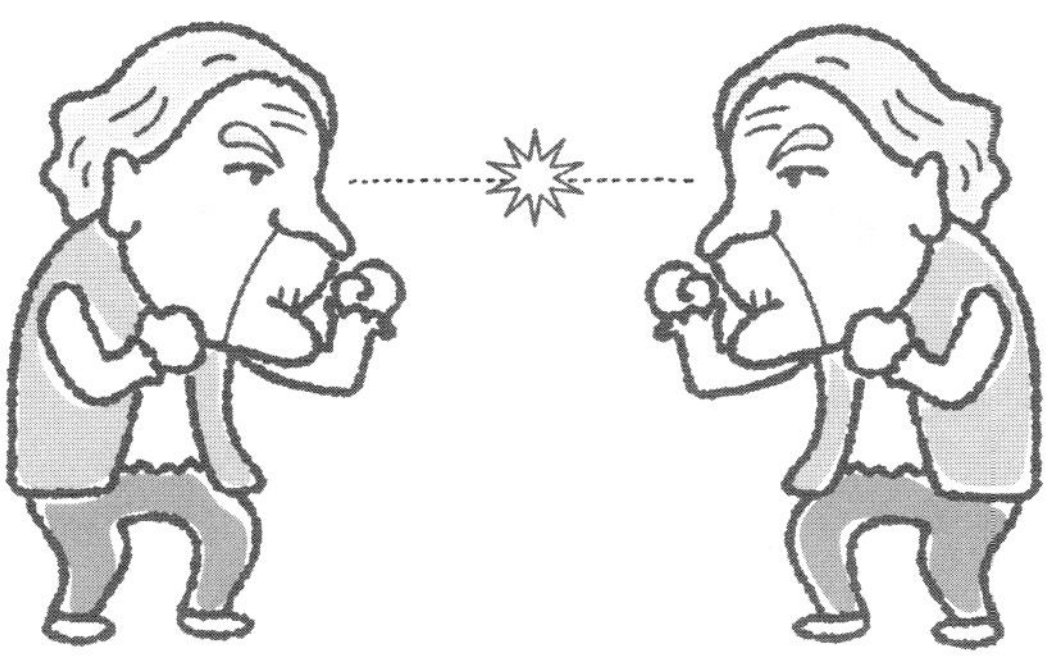

死の淵《ふち》を
今日も超えたと
胸を撫《な》で

青春の
心の傷が
まだうずく

恋のかけら
抱いて死ぬまで
女です

川柳名人
宮脇和恵さん（97歳）の部屋

診察日
手をたゝいて
ほめられて

櫻井安子（97歳）

婆《ばあ》の医師
孫より若い
担当医

吉田千秋（93歳）

看護師の働く姿蝶《ちょう》のよう

中村佐江子（94歳）

老いまして
縮む座高に
椅子難儀《なんぎ》

高橋知杏（94歳）

老介護
打つ手が欲しい
逝《い》く前に

矢吹文子（90歳）

山小屋か
我が家はみんな
手すり付き

前田秀夫（90歳）

エレベーター
自分の階を
婆忘れ

千葉藤雄（94歳）

小春日に
診察終えて
骨不足

川端照子（91歳）

寒さ来て
急いで鉢入れ
腰に来た

宇南山礼子（92歳）

書けそうで
書けない漢字
やたら増え

丸山繁夫（94歳）

ババころび
赤ちゃん返り
ハイハイで

岩見弥生（95歳）

知りたいは百歳超えの生理学

山本敏行（98歳）

わが財布
表も裏も
無い軽さ

滑川昌子（92歳）

百均で
これいくらかと
店員に

浜野享吾（90歳）

木の葉散る
両手広げて
お札《さつ》なら…

氏家二郎（90歳）

川柳名人

宮井逸子さん（94歳）の部屋

口ばかり
誰にも負けぬ
達者です

惜しみながら
処分する
ハイヒール

直角に
屈《かが》んだ腰や
杖《つえ》二本

杖に書く
名前はなんでか
横文字で

ＣＤで
童謡聞けば
逝友《とも》の顔

友逝《ゆ》きて
便りなくなり
孤独感

固定電話
十回コールも
間に合わぬ

今月で
亡夫と死別
五十年

川柳名人
宮井逸子さん（94歳）の部屋

コマーシャル
痛むこの身に
どれ効くの

服部喜栄子（94歳）

正座して
飲んだ薬は
便秘の座薬

加藤美枝子（95歳）

最近は
薬といえど
信用せぬ

志鎌清治（98歳）

達人インタビュー

早くに父を亡くし、10代で一家を支えて。義理人情から解放された老後に万歳！

千石巌《いわお》さん（95歳）

マジック教室に定年後10年通い、演芸ボランティアにも行きました。

戦時中には、工場動員や仙台空襲を経験しました。外地から病気で帰ってきた父親が亡くなり、母と2人の弟を19歳で扶養しなければならなくなった時期が一番苦しかったです。戦後の農地解放で、田舎の田畑を取り上げられたことも痛かった。税務関係の仕事に就いて、必死に働きました。

川柳を始めたきっかけは？

みやぎシルバーネットと宮城県警察が協力して「振り込め詐欺」を課題に川柳を大々的に募集した時、初応募しました。

川柳を思いつくのはどんな時？

川柳を考えるのは、お題が出される月末から月初めの1週間ぐらいです。風呂に入っている時とか寝床の中で考えます。最初の2〜3日は中々出てこなくて苦しいですが、段々と出るようになります。でも、朝に目を覚ますと、忘れていることも多いです。

これからシルバー川柳を始めたい人にアドバイス

途中で止めないで、継続を。推敲が大切。推敲しないと、変な川柳になっちゃうからね。ネタはいろんな所にあります。私の場合は見たり聞いたり、新聞を読んだりしてネタを増やしています。

その反動もあるのでしょうか、定年を迎えてからはマジックや川柳、社交ダンス、俳句、数独、読書を楽しみ、人をどうすれば喜ばせられるのかということにも夢中になりました。現役の頃とは違って義理人情に関わりなく、自分で楽しいと思うことをやるようにしてきましたが、それで良かったと思っています。

愛用の川柳グッズ

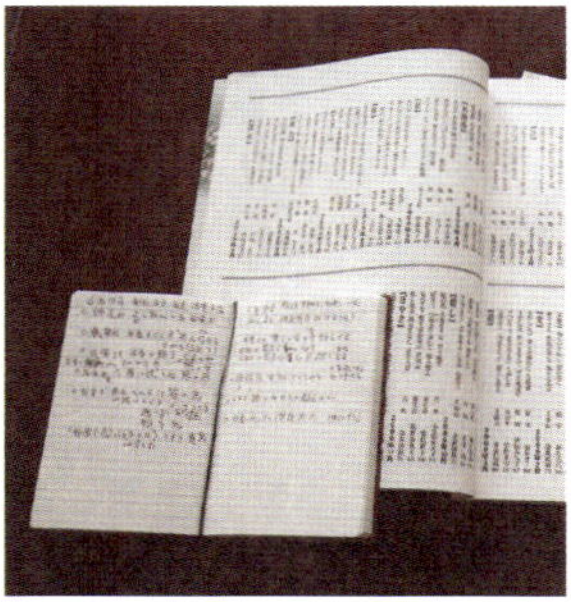

思いついたことをチラシの裏に殴り書きし、その中から良さそうなものを句帳に清書します。シルバー川柳の入選句が載った本から、ヒントをもらっています。

健康診断ではほとんど悪いところがないですね。持病もなく介護保険も使っていません。健康のため食事を大事にして毎朝6時に起き、納豆、卵焼き、梅干し、黒豆、とろろをいただきます。10時から自己流体操をして、和菓子、チョコ、コーヒーのおやつ。昼食は菓子パンとバナナ、チーズ、牛乳。午後4時頃から晩酌をしながら夕食の準備。おかずはスーパーの惣菜が多いです。ご飯と味噌汁は自分で作ります。3年前に妻を亡くし1人暮らしですが、同じマンションに娘が住んでいて何かと面倒を見てもらっています。

衰えは足からと言いますから、1日6千歩くらい歩くようにしています。ルートは近所が多いですが、たまに地下鉄に乗って台原森林公園という大きな公園まで行くことがあります。散歩中に、『病院も　葬儀社もある　散歩路』という川柳が生まれました。シニア向けの運動教室（※公的機関が実施）にも、26年前から毎週通っています。

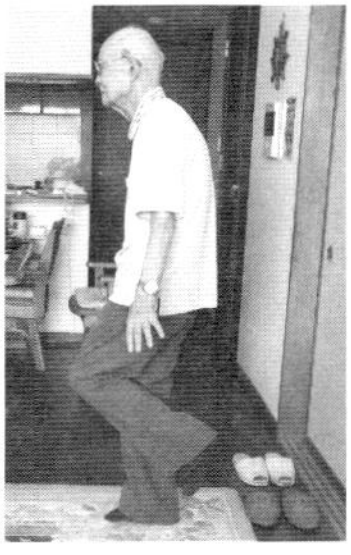

家の中では、自己流の体操をしています。スクワット、片足立ち、寝ながら足の運動をしたり、足裏のマッサージをしたり。体は柔らかい方だと思います。

今も続けている趣味は川柳と数独、読書くらいです。最近の川柳は『歳重ね　年金もらうも　気がひける』、『子に未来　親は来た道　話してる』。長生きさせてもらったことを自虐ネタにしたりしています。川柳はどういう風に作ったらいいかな、面白くするにはどうしたらいいのかなと頭を使うのが楽しい。投稿は張り合いになります。これからも川柳と散歩を楽しみ、運動教室も続けられるといいなと思っています。

会心の一作！

好きな人
居るからカルチャー
長続き

【編集部まとめ】「振り込め詐欺」の課題に触発され、85歳から花開いた〝川柳道楽〟。作品に堅苦しさがないのは、推敲のたまものなのかも。柔らかい体と脳で、これからも笑わせてください！

川柳はリビングのテーブルの上で作ります。川柳を初めて投稿したのは2015年の1月、85歳の時でした。

良い香り
窓辺の隅《すみ》の
ヒヤシンス

富士びたい
薄《うす》毛《げ》白《しら》髪《が》で
富士見えず

2句とも、吉澤浪子（98歳）

若いわね
言われて浮かれ
スッテンコ

櫻井安子（98歳）

川柳名人

川端照子さん（91歳）の部屋

語らいは
山あり谷あり
受けとめて

草餅を
食べて昔を
想《おも》い出す

なかよすぎ
部分入れ歯は
お雑煮と

名を呼ばれ
靴はいて待つ
送迎車

川柳名人
森下としへさん（96歳）の部屋

相撲見て
裸の元気に
負けないよ

長生きは
何も思わず
楽しんで

郵便はがき

1 6 2 8 7 9 0

料金受取人払郵便

牛込局承認

6059

差出有効期間
2026年5月20日
まで

（受取人）

東京都新宿区東五軒町2の13

河出書房新社

『シルバー川柳』

愛読者カード係　行

お名前	年齢：　　　歳 性別：　男・女
ご住所 〒	
ご職業	
e-mailアドレス	

弊社の刊行物のご案内をお送りしてもよろしいですか？

□郵送・e-mailどちらも可　□郵送のみ可　□e-mailのみ可　□どちらも不可

e-mail送付可の方は河出書房新社のファンクラブ河出クラブ会員に登録いたします（無料）。
河出クラブについては裏面をご確認ください。

ご記入いただいた個人情報は、ご希望の方へのご案内送付や出版企画の参考等に利用、ご感想は弊社の新聞・雑誌広告、HP等で掲載させていただくことがございます。ご了承ください。上記目的以外では使用しません。

愛読者カード『　　　　　　　　　　　　　　　　編』を読んで

空欄にお読みの書名(『シルバー川柳○○編』の○○部分)をご記入ください。

●どちらの書店にてお買い上げいただきましたか?

地区:　　　　　　　都道府県　　　　　　　　　市区町村

書店名:

●本書を何でお知りになりましたか?

1.新聞/雑誌(＿＿＿＿＿＿新聞/広告・記事)　2.店頭で見て

3.知人の紹介　4.インターネット　5.その他(　　　　　　　　)

●定期購読している雑誌があれば誌名をお教えください。

●本書についてご意見、ご感想をお聞かせください。

知恵もない
呑気《のんき》なだけで
生きている

歳とれば
十歳違いも
同じこと

箱作り
たくさん出来たと
喜ばれ

友に会い
野菜を持って
帰り道

この世では
いいことばかり
持っていく

川柳名人
森下としへさん（96歳）の部屋

散歩道
今朝はどの道
歩こうか

霜越千鶴子（97歳）

少しずつ
ふやして歩く
退院後

廣川タキエ（93歳）

オットット
つまずき先に
ゴミ置き場

篠原伸江（94歳）

一人居《ひとりい》は
お隣さんが
家族様

廣川タキエ（95歳）

誕生日
おひとりさまの
缶ビール

山田純一（91歳）

ひとり居の
ベッドに端《たん》坐《ざ》
月見かな

齋藤美江（90歳）

川柳名人

白木幸典さん（95歳）の部屋

九十五
朝一千歩で
始動する

長いこと
捨てる気の靴
今ぴったり

ホーム入り
病気怪我なし
ボケが敵

生きすぎて
電話の友が
二人だけ

さあ大変
メモしたメモが
行方不明

川柳名人

白木幸典さん（95歳）の部屋

福引きを
引いてドキドキ
若返る

温泉に
幼なじみの
年女

2句とも、船山あきこ（97歳）

お買い求め方法は２つ

1 書店で買う

全国どこの書店でも買えます。
店頭にない場合はお取り寄せもできます。
また、Amazon、楽天ブックスなどの
ネット書店でも発売中。

2 通信販売で買う

楽天ブックス ブックサービス

tel 0120-29-9625

(9：00 ～ 18：00　土日祝も受付)

お電話で「欲しい書名」「お名前」
「ご住所」「お電話番号」をお知らせください。
お支払いは代引き対応。
別途、送料、手数料が必要です。

皆さんのご注文、
お待ちしてます！

全国の書店や通信販売で買えます！

●超シルバー川柳シリーズ（90歳以上のご長寿だけの特別選）

超シルバー川柳	あっぱれ百歳編	1100円	02917-7
超シルバー川柳	人生の花束《はなたば》編	1100円	02959-7
超シルバー川柳	毎日が宝もの編	1150円	02984-9
超シルバー川柳	笑顔がいっぱい編	1150円	03066-1
超シルバー川柳	黄金の日々《ひび》編	1150円	03137-8

●毒蝮三太夫の“毒舌＆愛情”作品コメント付き　特別編

シルバー川柳特別編	ババァ川柳 女の花道編	1019円	02458-5
シルバー川柳特別編	ババァ川柳 人生いろいろ編	1100円	02827-9
シルバー川柳特別編	ジジィ川柳	1019円	02405-9

●シルバー川柳入門書、関連商品

シルバー川柳入門（新装版）	1430円	02979-5
シルバー川柳 開運かるた	1430円	02848-4

お買い求め方法は次のページに

バックナンバー 大好評発売中!

●シルバー川柳シリーズ（60歳以上の傑作選）

シルバー川柳	百歳バンザイ編	1100円	02731-9
シルバー川柳	千客万来編	1100円	02857-6
シルバー川柳	いつでも夢を編	1100円	02910-8
シルバー川柳	明日《あした》があるさ編	1100円	02955-9
シルバー川柳	太陽の季節編	1150円	02980-1
シルバー川柳	ああ夫婦《ふうふ》編	1150円	03023-4
シルバー川柳	丘を越えて編	1150円	03042-5
シルバー川柳	上を向いて歩こう編	1150円	03062-3
シルバー川柳	バラ色の人生編	1150円	03092-0
シルバー川柳	長生き上手《じょうず》編	1150円	03105-7
シルバー川柳	天真《てんしん》らんまん編	1150円	03125-5
シルバー川柳	人生ブギウギ編	1150円	03168-2
シルバー川柳	光るジジババ編	1150円	03187-3

＊定価は税込み価格です。予定なく変更になる場合もあります。
＊書名の後の数字はISBNコードです。書店様には頭に「978-4-309」を付けてご注文ください。
＊売り切れの際はご容赦ください。

墓参り楽しみなのは道の駅

松田暸子（97歳）

天国はどこ
着陸機
月に衝突

膝《ひざ》笑《わら》う
手術は出来ぬ
お年です

2句とも、田中利子（98歳）

運動の
階段　手すり
命《いのち》綱《づな》

尾崎サカエ（92歳）

達筆な便り頂きどうしよう

白取悦子（92歳）

なつかしむ
手紙の文字に
口ずさむ

小田中榮市（91歳）

川柳名人

山内峯子さん（93歳）の部屋

寿命から
今日を差し引く
夕ご飯

今日もまた
寿命一日分の
日が暮れる

土付きの
野菜みみず
ごともらい

おばあさん
歩行器で廊下を
放浪の旅

骨の薬
飲んでも膝痛
そのまんま

たくさんの
薬愚痴《ぐち》と
一気飲み

貧血の
婆《ばあ》の血を吸う
不埒《ふらち》な蚊《か》

川柳名人
山内峯子さん（93歳）の部屋

ベッドでの
洗髪受けて
婆美人

吉田千秋（91歳）

私には
古い物ほど
価値があり

小田中榮市（91歳）

趣味増えて
やる気満々
ホーム二年

荒木 清（91歳）

一日一善
小さな宝
積んでます

高橋知杏（94歳）

達人インタビュー

幼稚園の先生という天職を全うし、競わず感じたままに川柳を楽しんでいます。

山岡京子さん（90歳）

作句中のリビングのテーブルは、本や物であふれてしまいます。

玉音放送を聞いたのが、小学6年生の時でした。戦争が終わった！　進学して勉強できると希望が湧いたのを覚えています。行きたかった学校に保育科が新設されたタイミングで学び、幼稚園の先生を60歳の定年まで務めました。母が「京子は幼稚園の先生になりたいって、ちっちゃい時から言っていた」と話していました。

結婚して子どもが生まれると、同居する

川柳を始めたきっかけは？

退職後の民生児童委員の集いで知り合った女性から、一緒に川柳を作ろうと誘われました。姉がその年に亡くなったのですが、その女性は姉と同年齢で髪型もそっくりでした。

川柳を思いつくのはどんな時？

旅したことや出会った人たちのことを振り返ると、川柳が浮かびます。振り返るという楽しい〝仕事〟が、年寄りにはあるんです。

これからシルバー川柳を始めたい人にアドバイス

言葉遊びですから、ボキャブラリーを豊かにしてください。いろんなものを見る、いろんな所に行く、好きなことを重ねる。バッグにメモ用紙を入れて、思い出したことやフッと浮かんだことを書き留めておくことです。続けていくと、物になっていきますよ。

義父母が「人の子どももしっかり育てなさい」と言ってくれて9年間休みました。戻ることにしたのは、小学1年生になった長女から「お母さん、幼稚園に帰りたいんでしょう。おじいちゃんとおばあちゃんがいるから、私たちは大丈夫（弟が年長さんの頃）。子どもたちの所に帰ってあげて」と言われたのがきっか

愛用の川柳グッズ

電子手帳は、言葉の意味や類語を調べたりする時に使っています。雑記帳には、気になる出来事や川柳の下書きのようなものを思いつくまま書いています。

けでした。実は幼稚園休職中、園児たちのことを地元紙の投稿欄にいっぱい投書していました。「先生、雨ふってきたよ、カミナリさん、おしっこしているんじゃない」。そんな子どもたちの可愛い言葉やエピソードとか……。卒園した児童から結婚式に招かれたり、当時のご父兄と今もお付き合いをしていいただいたり、保育者冥利に尽きます。夢はまだ結婚していない孫娘たちの子どもと遊ぶことです（笑）。

おかげさまで介護保険も利用せず、薬も飲まず、元気でおります。毎朝5時30分に窓を全部開けて良い空気を入れ、6時30分からラジオ体操。体操のお兄さん、鈴木大輔君が大好きなんです。その後、仏様にお茶とお水をあげて朝食の用意。嫌いな物はなく、何でも食べます。夜は10時前に寝ます。大谷翔平君も睡眠はきちっと取るそうですものね。20年やってきた筋トレ体操は、90歳になったので止めました。

仙台市にある川柳結社『川柳宮城野社』の会員になっています。月1回の例会に出席したり、機関誌に作品を掲載していただいたりしています。平成22年度に年間最優秀作品の部で賞をいただいた時には、記念のトロフィーをいただきました。

仙台育英の甲子園優勝では、『百年の　扉こじあけ　優勝旗』と詠みました。川柳は楽しい。自分の思ったことを誰にも束縛されないで書けるじゃない！　作品は甲乙、付けがたいじゃない、その人の感性だから。どんなものでも、そういうように感じればいいんだし、競いの場ではないですから。その時は入選しなくても、選者と詠み手の相性みたいなものもありますから、それも楽しめればいいんです。これからも川柳を楽しみ、皆に勧めていきたいです。

会心の一作！

美しい
皺ねと友と
笑い合う

【編集部まとめ】手紙を書くのが大好きで、郵便局から「こんなに切手を買ってくれるのは山岡さんだけ」と感謝されるとか。「愛」がいっぱいの手紙と川柳、沢山これからも書いてください。

（写真左から）川柳宮城野社の合同句集、月刊の機関誌、今は解散してしまった『まどか』という句会の会報誌です。老後は川柳が、大きな支えとなりました。

川柳名人
斉藤恵美子さん（96歳）の部屋

難聴で
只《ただ》ニコニコと
輪の中に

目が合って
介護される身
チョット忘れ

認知症
テストクリアし
青い空

人ごとのような卒寿の祝席

槌 玲子（92歳）

苦労する
墓は不要と
子に話す

遺言書
家族に置き場所
忘れずに

2句とも、高橋スマノ（96歳）

生き上手
忘れ上手で
母達者

お互いに
忘れ上手で
睦《むつ》まじく

2句とも、狗飼艶子（94歳）

診察日
お客二人の
路線バス

荒木 清（90歳）

川柳名人

尾崎サカエさん（92歳）の部屋

嫁くれた
柿が熟し
皮も食べ

干し柿を
切って温め
爺おやつ

団らんに 補聴器つけて 仲間入り

爺《じじ》散歩
ススキお土産
十五夜に

母形見
財布の小鈴
五十年

黄色い蝶《ちょう》
今年も逢《あ》えた
花の庭

川柳名人
尾崎サカエさん（92歳）の部屋

ジジむかし
秀才でした
今認知

波多野安子（96歳）

仏壇の
亡夫笑顔で
いい男

白取悦子（92歳）

同窓会
今は無理でも
天国で

宇南山礼子（92歳）

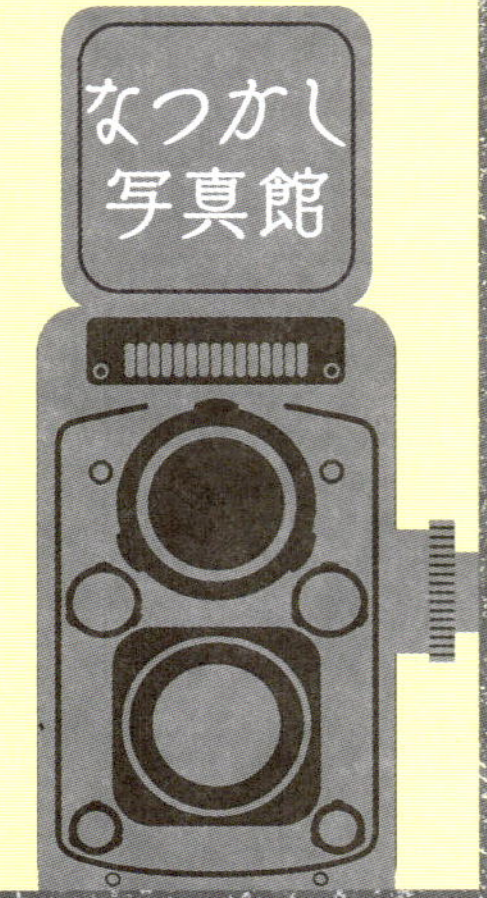

オリンピック名場面スペシャル！

日本人選手の大活躍に熱狂した！
思い出の名場面たち。
90歳の読者が生まれたのは
1934年（昭和9年）。
その頃のオリンピックから
思い出の瞬間をプレイバック。

ラジオ実況アナも絶叫「前畑がんばれ」

1936（昭和11）年

ベルリン大会

水泳／女子200m平泳ぎ

金メダル

ナチス政権下のベルリンでのオリンピック。前畑秀子はドイツ選手を1秒差で破り、日本女性初の金メダルを獲得。競り合うゴール前、真夜中の日本中に河西アナの「前畑がんばれ」の連呼が24回こだました。

90歳の私は、
その時3歳だった。
さすがに覚えてないわー。

東洋の魔女たちが世界一に

1964（昭和39）年

東京大会

バレーボール／女子

金メダル

大松博文監督が率いる実業団女子チーム日紡貝塚を母体とした、バレーボール女子チーム。東京オリンピックではソ連に勝って日本に団体球技初の金メダルをもたらした。回転レシーブや変化球サーブのキメ技で、日本チームは東洋の魔女と恐れられた。

このあと空前の
バレーボールブームが
到来したんじゃよ。

実写の『サインはV』、
アニメの『アタックNo.1』に
釘付けに。

1972（昭和47）年　**ミュンヘン**大会

バレーボール／男子

金メダル

松平康隆監督は、バレーボール男子を1964年東京オリンピックで銅メダル（コーチとして）、1968年メキシコオリンピックで銀メダルに導いた名監督。ミュンヘンでついに金メダル！という期待に見事に応えた。

「ミュンヘンへの道」は金がゴール！

アニメで森田や大古、横田に猫田と選手の名前を憶えて応援したわ。

「Bクイック」や「一人時間差」とか皆、知っておったぞ。

オリンピック名場面スペシャル！

身長146センチと小さな体で、一本勝ちするから拍手喝采じゃ。

前髪を赤いゴムで結わえ、漫画『YAWARA！』の人気もすごかったわね。

ヤワラちゃんこと谷亮子は、準決勝までオール一本勝ち。決勝では背負い投げと大内刈りで優勢勝ち。旧姓田村亮子で出場したシドニーに続いてアテネでも金メダルを獲得、ミセスになっても変わらぬ強さをアピールした。

2004（平成16）年 アテネ大会 柔道／女子48kg級

金メダル

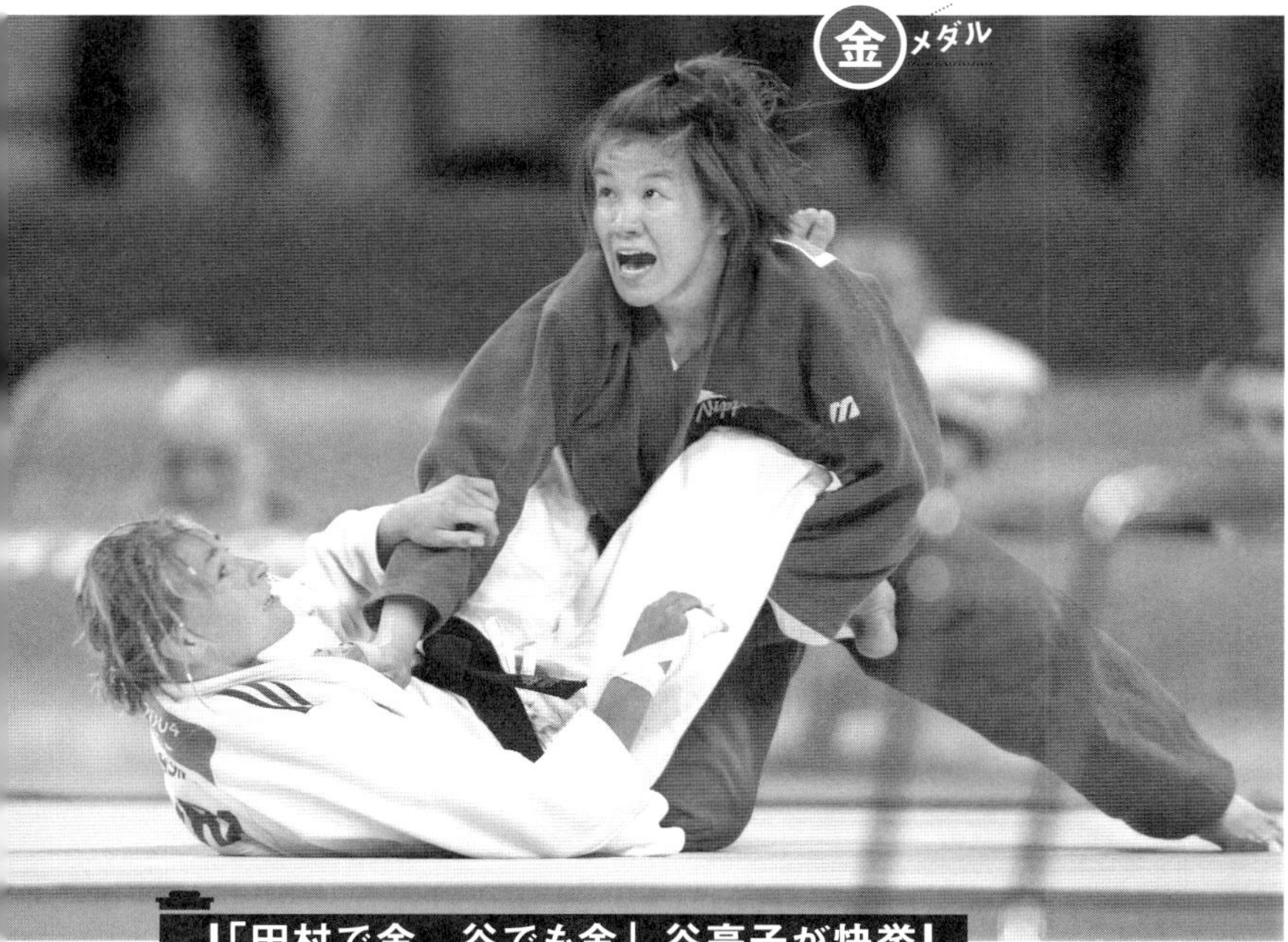

「田村で金、谷でも金」谷亮子が快挙

実可子の日本人離れしたボディが躍動！

1988（昭和63）年　ソウル大会

シンクロナイズドスイミング／デュエット　銅メダル

（現在はアーティスティックスイミング）

洗濯ばさみで
鼻をつまんでいると
思っていたよ。

鈴木大地の
バサロ泳法も
みんなで真似したね。

小谷実可子は開会式で日本選手団の旗手を務めた。競技でも、シンクロソロ、田中京と組んだデュエットともに銅メダルを獲得、シンクロナイズドへの注目度をアップさせた！水泳では、100m背泳ぎで鈴木大地が金メダルを獲得して日本は大盛り上がり。

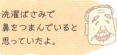

「すごく楽しい、42キロでした」とは、高橋尚子のゴール後の名言。ゴールタイムの2時間23分14秒は、ロス五輪の記録を16年ぶりに更新する五輪最高記録（当時）だった。レース終盤、サングラスを投げ捨ててギアを入れた追いこみが印象的であった。

「Qちゃん」が満面の笑顔でゴール！

2000（平成12）年

シドニー大会

陸上／女子マラソン

金メダル

小出監督との深い絆があってこその記録だったね。

表彰台で金メダルをかじったポーズが可愛かった。

塚原の神ワザ「月面宙返り《ムーンサルト》」に大興奮

1976（昭和51）年　**モントリオール大会**

体操／男子団体総合

金メダル

塚原選手の息子・直也さんも
アテネで金！　日本史上初の
親子金メダリストじゃな。

コマネチは白い妖精と言われてたわね。
彼女の10点連発の演技も素晴らしかったわ。

史上初の10点満点を連発し個人総合優勝した14歳のナディア・コマネチ（ルーマニア）。体操競技が大注目されたモントリオールでは、日本男子も負けてない！　加藤沢男と塚原光男、監物《けんもつ》永三らが躍動し団体総合で5連覇を達成。

日本初開催の冬季オリンピック。スキージャンプ70m級（現在のノーマルヒル）で、笠谷幸生が金メダル、金野昭次は銀、青地清二が銅と日本人3選手が表彰台を独占！彼ら3人は「日の丸飛行隊」と称され、日本中から祝福された。

「日の丸飛行隊」が表彰台を独占！

1972（昭和47）年　**札幌**大会

スキー／スキージャンプ70m級

金　銀　銅　メダル

テーマ曲のトワ・エ・モワ
「虹と雪のバラード」は今も歌えるわよ！

初めて見たスキージャンプで
笠谷が大ジャンプ、
わしゃ大興奮！

川柳名人 服部万吉さん（102歳）の部屋

百一歳
生きる手本と
ほめ言葉

百の字を
五と間違って
五歳と書く

天竺《てんじく》の
ヨガに長寿の
気を見つけ

うまいもの
元気なうちに
食べておく

志鎌清治（98歳）

長寿国
親子で迎える
敬老日

健康法
マジで聴いてる
九十二

2句とも、安根好江（92歳）

川柳名人

松本京子さん（91歳）の部屋

盆踊り
片手で踊る
はがゆさに

左麻《ま》痺《ひ》
右手があると
幸感じ

太鼓《たいこ》の音《ね》
頑張ってと
胸を打つ

ねずみ雲
猫とかまえて
昼下がり

秋深し
昼寝の時間
長くなる

夏の夜に
静かに桜
思い出す

蛍狩《ほたるが》り
足元注意
気を取られ

川柳名人
松本京子さん（91歳）の部屋

なつかしや
向こう三軒
両隣

目が回る
酒も呑《の》まずに
千鳥足

2句とも、木村 忍（90歳）

ヨチヨチとヨボヨボ爺《じい》の鬼ごっこ

白土守（93歳）

川柳名人

久慈レイさん（96歳）の部屋

病む人が
本にはさんだ
押し葉なで

まさかねぇ
さがした物は
尻の下

医者の前
老化しました
胸をはる

意のままに
勝手バンザイ
婆《ばば》の遺書

酒好きな
遺影の前は
菓子置場

パスポート
出た出た亡夫《つま》は
男まえ

川柳名人
久慈レイさん（96歳）の部屋

手も足も
動く今日も
生きておる

宮脇和恵（97歳）

笑うなよ
君らも今に
通る道

加藤美枝子（95歳）

みやぎシルバーネット
一九九六年に創刊された高齢者向けのフリーペーパー。主に仙台圏の老人クラブ、病院、公共施設等の協力を得ながら毎月三五〇〇〇部を無料配布。高齢者に関する特集記事やイベント情報、サークル、遺言相談、読者投稿等を掲載。
https://miyagi-silvernet.com

千葉雅俊　『みやぎシルバーネット』編集発行人
一九六一年、宮城県生まれ。広告代理店の制作部門のタウン紙編集を経て、独立。情報発信で高齢化社会をより豊かなものにしようと、高齢者向けのフリーペーパーを創刊。シルバー関連の講演会などの活動も行う。選者を務めた書籍に『シルバー川柳』『超シルバー川柳』シリーズ（小社）、『シルバー川柳　孫へ』（近代文藝社）。著書に『みやぎシニア事典』（金港堂）などがある。

ブックデザイン	GRiD
イラスト	BIKKE
川柳達人インタビュー	千葉雅俊（文、撮影）
P100〜107写真	共同通信社
編集協力	毛利恵子（株式会社モアーズ） 忠岡 謙　（リアル）
Special thanks	みやぎシルバーネット「シルバー川柳」読者、投稿者の皆様。 河出書房新社編集部に投稿してくださったシルバーの皆様

90歳以上のご長寿傑作選
超シルバー川柳　レッツゴー100歳編

二〇二四年一一月二〇日　初版印刷
二〇二四年一一月三〇日　初版発行

編者　みやぎシルバーネット、河出書房新社編集部
発行者　小野寺優
発行所　株式会社河出書房新社
〒一六二-八五四四
東京都新宿区東五軒町二-一三
電話　〇三-三四〇四-一二〇一（営業）
〇三-三四〇四-八六一一（編集）
https://www.kawade.co.jp/

組版　GR・D
印刷・製本　TOPPANクロレ株式会社

Printed in Japan　ISBN978-4-309-03935-0

60歳以上の方のシルバー川柳、募集中！

ご投稿規定

- 60歳以上のシルバーの方からのご投稿に限らせていただきます。
- ご投稿作品の著作権は弊社に帰属します。
- 作品は自作未発表のものに限ります。
- お送りくださった作品はご返却できません。
- 投稿作品発表時に、ご投稿時点でのお名前とご年齢を併記することをご了解ください。
- ペンネームでの作品掲載はしておりません。

発表

今後刊行される弊社の『シルバー川柳』本にて、
作品掲載の可能性があります（ご投稿全作ではなく
編集部選の作品のみ掲載させていただきます）。
なお、投稿作品が掲載されるかどうかの個別の
お問い合わせにはお答えできません。何卒ご了解ください。

あなたの作品が本に載るかもしれません！

ご投稿方法

- はがきに川柳（1枚につき5作品まで）、郵便番号、住所、氏名（お名前に「ふりがな」もつけてください）、年齢、電話番号を明記の上、下記宛先にご郵送ください。
- ご投稿作品数に限りはありませんが、はがき1枚につき5作品まででお願いします。

〈おはがきの宛先〉

〒162-8544
東京都新宿区東五軒町2-13
（株）河出書房新社
編集部「シルバー川柳」係

※2024年5月より、宛先の住所が変わりました。ご注意ください。

次号予告

次の
第26弾
シルバー川柳本は
2025年2月ごろ
発売予定です！

次巻もお楽しみに♪
バックナンバーも好評発売中です。
〜くわしくは本書の折り込みチラシをご覧ください〜

河出書房新社　Tel 03-3404-1201
https://www.kawade.co.jp/